Este libro pertenece a:

This book belongs to:

....

Nota a los padres y a los tutores

Léelo tú mismo es una serie de cuentos clásicos, tradicionales, escritos en una forma sencilla para dar a los niños un comienzo seguro y exitoso en la lectura.

Cada libro está cuidadosamente estructurado para incluir muchas palabras de alta frecuencia que son vitales para la primera lectura. Las oraciones en cada página se apoyan muy de cerca por imágenes para ayudar con la lectura y para ofrecer todos los detalles para conversar.

Los libros se clasifican en cuatro niveles que introducen progresivamente más amplio vocabulario y más historias a medida que la capacidad del lector crece.

Note to parents and tutors

Read it yourself is a series of classic, traditional tales, written in a simple way to give children a confident and successful start to reading.

Each book is carefully structured to include many high-frequency words that are vital for first reading. The sentences on each page are supported closely by pictures to help with reading, and to offer lively details to talk about.

The books are graded into four levels that progressively introduce wider vocabulary and longer stories as a reader's ability grows.

Nivel 3 es ideal para niños que están desarrollando confianza en la lectura, y que están ansiosos de leer historias más largas y con un vocabulario más extenso.

Level 3 is ideal for children who are developing reading confidence and stamina, and who are eager to read longer stories with a wider vocabulary.

Características especiales:

Special features:

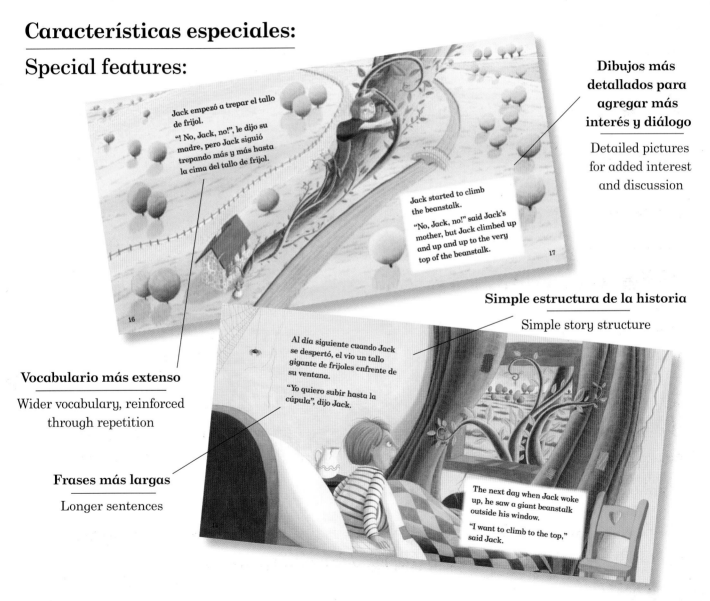

Dibujos más detallados para agregar más interés y diálogo

Detailed pictures for added interest and discussion

Simple estructura de la historia

Simple story structure

Vocabulario más extenso

Wider vocabulary, reinforced through repetition

Frases más largas

Longer sentences

Jack empezó a trepar el tallo de frijol.

"¡No, Jack, no!", le dijo su madre, pero Jack siguió trepando más y más hasta la cima del tallo de frijol.

Jack started to climb the beanstalk.

"No, Jack, no!" said Jack's mother, but Jack climbed up and up and up to the very top of the beanstalk.

16   17

Al día siguiente cuando Jack se despertó, el vio un tallo gigante de frijoles enfrente de su ventana.

"Yo quiero subir hasta la cúpula", dijo Jack.

The next day when Jack woke up, he saw a giant beanstalk outside his window.

"I want to climb to the top," said Jack.

Educational Consultant: Geraldine Taylor

A catalogue record for this book is available from the British Library

Published by Ladybird Books Ltd
80 Strand, London, WC2R 0RL
A Penguin Company

001 - 10 9 8 7 6 5 4 3 2 1
© LADYBIRD BOOKS LTD MMX. This edition MMXII
Ladybird, Read It Yourself and the Ladybird Logo are registered or
unregistered trade marks of Ladybird Books Limited.

ISBN: 978-0-98364-504-7

Printed in China

Jack y los frijoles mágicos

Jack and the Beanstalk

Illustrated by Laura Barella

Jack y su madre eran muy pobres.
Solamente tenían una vaca.

Un día, la madre de Jack le dijo,
"Vete a vender nuestra vaca y me
traes el dinero".

Jack and his mother were very poor. All they had was one cow.

One day, Jack's mother said, "Go and sell our cow and bring the money back to me."

Jack se llevó la vaca para venderla. En el camino se encontró con un hombre que quería comprar la vaca.

Jack took the cow away to sell.
On the way he met a man who
wanted to buy the cow.

9

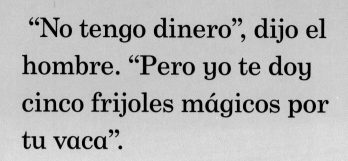

"No tengo dinero", dijo el hombre. "Pero yo te doy cinco frijoles mágicos por tu vaca".

"Está bien", dijo Jack, y le entregó su vaca al hombre.

"I have no money," said the man. "But I will give you five magic beans for your cow."

"All right," said Jack, and he gave the man his cow.

Jack le llevó los frijoles a su madre. Ella se puso muy enojada.

"Estos frijoles no nos sirven a nosotros". Y ella los tiró por la ventana.

Jack took the beans back to his mother.
She was very angry.

"These beans are no good to us,"
she said. And she threw the beans
out of the window.

13

Al día siguiente cuando Jack se despertó, el vio un tallo gigante de frijoles enfrente de su ventana.

"Yo quiero subir hasta la cúpula", dijo Jack.

14

The next day when Jack woke up, he saw a giant beanstalk outside his window.

"I want to climb to the top," said Jack.

Jack empezó a subir el tallo de frijol.

"¡No, Jack, no!" le dijo su madre, pero Jack siguió subiendo más y más hasta la cima del tallo de frijol.

Jack started to climb
the beanstalk.

"No, Jack, no!" said Jack's
mother, but Jack climbed up
and up and up to the very
top of the beanstalk.

17

Jack vio un castillo gigante con una puerta gigante. Cuando abrió la puerta vio una mujer gigante.

"¡Tenga cuidado!" dijo la mujer. "¡Mi esposo ya regresa. Él te va a comer!"

Jack saw a giant castle with a giant door. When he opened the door he saw a giant woman.

"Look out!" said the woman. "My husband is coming. He will eat you up!"

19

"Fi fai fo fum, tengan cuidado todos, AQUÍ VENGO YO", gritó el gigante.

"Tú debes esconderte", dijo la mujer. Ella escondió a Jack en la alacena.

20

"Fee fi fo fum, watch out everyone, HERE I COME," roared the giant.

"You must hide," said the woman. And she hid Jack in a cupboard.

21

El gigante llegó y se sentó a la mesa con unas bolsas gigantes de dinero. El comenzó a contar su dinero. Jack lo observaba desde adentro de la alacena.

The giant came in and sat down at the table with some giant bags of money. He started to count his money. Jack watched him from inside the cupboard.

Pronto, el gigante se durmió. Jack salió de la alacena y cogió todo el dinero. El bajó por el tallo de frijoles, y le entregó todo el dinero a su madre.

Soon, the giant fell asleep.
Jack came out of the cupboard
and took all the money.
Then he climbed down the
beanstalk, and gave the
money to his mother.

25

Al poco tiempo, Jack quiso subir
otra vez por el tallo de frijol.

"¡No, Jack, no!" dijo su madre.
Pero Jack respondió, "Yo debo
hacerlo".

Not long after, Jack wanted
to climb the beanstalk again.

"No, Jack, no!" said his
mother. But Jack said,
"I must."

27

Jack vio la mujer gigante otra vez.

"¡Tenga cuidado!" dijo ella. "Mi esposo está furioso porque le han robado el dinero".

"¡Fi fai fo fum, tenga todos cuidado, AQUÍ VENGO YO!" gritó el gigante.

Jack saw the giant woman again.

"Look out!" she said. "My husband is angry because his money has been stolen."

"Fee fi fo fum, watch out everyone, HERE I COME!" roared the giant.

"Tú debes esconderte en la alacena", dijo la mujer.

El gigante entró y se sentó a la mesa. Él traía una gallina mágica. La gallina mágica ponía huevos de oro.

"You must hide in the cupboard," said the woman.

The giant came in and sat down at the table. He had with him a magic hen. The magic hen laid golden eggs.

Pronto el gigante se
durmió. Jack salió de
la alacena y se llevó la
gallina. Él se bajó por el
tallo de frijoles.

Very soon, the giant fell asleep. Jack came out of the cupboard and took the hen. Then he climbed down the beanstalk.

Al día siguiente, Jack subió
por el tallo de frijol otra vez.
En la cima del tallo, Jack vio
a la mujer gigante.

The next day, Jack climbed the beanstalk again. At the top of the beanstalk, Jack saw the giant woman.

"¡Tenga cuidado!" dijo la mujer. "Mi esposo está furioso porque le han robado su gallina y su dinero".

"¡Fi fai fo fum, tengan todos cuidado, AQUÍ VENGO YO!" gritó el gigante.

"Look out!" said the woman. "My husband is angry because his hen and his money have been stolen."

"Fee fi fo fum, watch out everyone, HERE I COME!" roared the giant.

"Tú debes esconderte en la alacena otra vez", dijo la mujer.

El gigante llegó con un arpa mágica. Se sentó a la mesa y el arpa comenzó a tocar.

"You must hide in the cupboard again," said the woman.

The giant came in with a magic harp. He sat down at the table and the harp started to play.

Pronto, el gigante se durmió. Jack salió de la alacena y cogió el arpa. Y comenzó a bajar por el tallo de frijol.

"¡Escápate!" dijo la mujer. "¡El gigante está detrás de ti!"

Soon, the giant fell asleep. Jack came out of the cupboard and took the harp. Then he started to climb down the beanstalk.

"Run away!" said the woman. "The giant is behind you!"

Jack bajó por el tallo de frijol
con el gigante furioso detrás
de él. Cuando Jack llegó
abajo, su mamá cortó el tallo
de frijol.

¡Boom! Y ese fue el fin
del gigante.

Jack climbed down the beanstalk with the angry giant behind him. When Jack was at the bottom, his mother cut down the beanstalk.

CRASH! And that was the end of the giant.

43

Y ahora Jack y su mamá ya no eran pobres, y vivieron felices para siempre.

Now Jack and his mother were not poor, and they lived happily ever after.

¿Cuánto te recuerdas de la historia de Jack y los frijoles mágicos? ¡Conteste estas preguntas y sabrás!

How much do you remember about the story of Jack and the Beanstalk? Answer these questions and find out!

¿Cuántos frijoles mágicos habían?

How many magic beans were there?

¿Qué hizo la mamá de Jack con los frijoles mágicos?

What did Jack's mother do with the magic beans?

¿Qué había a la cima del tallo de frijoles?

What was at the top of the beanstalk?

¿Dónde se escondió Jack en el castillo?

Where did Jack hide in the castle?

¿Puedes recordar dos cosas que Jack sacó del gigante?

Can you remember two things that Jack took from the giant?

Mire a las diferentes frases de la historia y conéctelas con las personas que lo dijeron.

Look at the different story sentences and match them to the people who said them.

"Fi fai fo fum".

"Fee fi fo fum."

"¡Escápate! El gigante está detrás de ti!"

"Run away! The giant is behind you!"

"Te doy cinco frijoles mágicos por tu vaca".

"I will give you five magic beans for your cow."

"Estos frijoles no nos sirven a nosotros".

"These beans are no good for us!"

"Yo quiero subir hasta la cúpula".

"I want to climb to the top."

Léelo tú mismo con Ladybird

Read it yourself with Ladybird

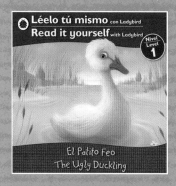

El Patito Feo
The Ugly Duckling

La Cenicienta
Cinderella

Los tres cerditos
The Three Little Pigs

La Caperucita Roja
Little Red Riding Hood

Jack y los frijoles mágicos
Jack and the Beanstalk

Rapunzel
Rapunzel

El Mago de Oz
The Wizard of Oz

Blanca Nieves y los siete enanos
Snow White and the Seven Dwarfs

Coleccione todos los títulos en la serie.

Collect all the titles in the series.